KB148822

시담포엠 시인선 025

내 아내의 봄날

최창영 시집

시담포엠 시인선 025

내 아내의 봄날

2021년 3월 30일 제 1판 인쇄 발행

지 은 이 | 최창영
펴 낸 이 | 김성규 박정이
편 집 인 | 김세영
대표 겸 편집주간 | 박정이
펴 낸 곳 | 도서출판 시담포엠

출판등록 | 2017. 02. 06
등록번호 | 제2017-46호
주 소 | 서울시 강남구 테헤란로 311-1321호〈역삼동, 아남타워〉
대표전화 | 02)568-9900 / 010-2378-0446
이 메 일 | miracle3120@hanmail.net

ISBN 979-11-89640-14-9
값 10,000원

* 이 도서의 국립중앙도서관 출판시도서목록〈CIP〉은 서지정보유통지원 시스템 홈페이지(http://seoji.nl.go.kr)에서 이용할 수 있습니다.

시담포엠 시인선 025

내 아내의 봄날

최창영 시집

도서출판 시담포엠

✍ 시인의 말

이번 첫 시집을 엮어내는데
오래된 풍금소리처럼 설레인다
어릴 적 음력 설날
어머니께서 토정비결을 보시고
'너는 글을 써서 천하에 이름을 날릴 수 있다' 고
하신 말씀이 생각났다
어머니 말씀을 평생 가슴에 담고 살았는데
시 창작 공부를 퇴직하고 나서야 시작했다
시가 무엇인지 아직도 오리무중 헤매지만
마음을 깨끗이 하며 시에 대한 감성을 시의 사리로
남기려고 한다 이 시집을 낼 수 있게 격려해준
사랑하는 내 아내와 자식들에게 감사를 전한다

2021년 3월 따뜻한 봄날
최창영 시인

추 천 사

이 광 정

일전에 고향 친구인 최창녕(崔昌寧) 시인에게서 아름다운 책자가 날아왔습니다. 〈시담포엠 ABBA〉 2021 제4호

최시인의 〈겨울 산수유〉란 시를 찾아 읽고, 다른 분들의 글도 잘 읽었습니다. 얼마 뒤에 받은 전화 – "이제 내 나이 팔순(八旬)이 되어, 시집 한 권 내려고 하니 추천사를 쓰라" 고. 최씨 고집 이기지 못할 줄 알고 문외한인(門外漢人)인 제가 몇 자 쓰게 되었습니다.

저는 시를 전공한 사람도 아니고 하여, 어쩌나 생각다가 최시인과의 학창시절의 인연과 시에 대한 생각과 느낌을 몇 마디 적어 보기로 하였습니다.

우리 같은 구시대의 낡은 사람들에게는 현대화된 〈동탄신도시〉를 '내고향' 이라고, '사랑하고 그리워하는 땅' 이라고 한다면 머리는 끄덕이면서도 약간은 의문이 듭니다. 그러나 우리가 어리던 학창시절의 〈동탄면(東灘面)〉은 1960년대까지만 해도 "넓은 벌 동쪽 끝으로 옛이야기 지줄대는 실개천이 휘돌아 나가고, 얼룩백이 황소가, 해설피 금빛 게으른 울음을 우는 곳, --그곳이 참하 꿈엔들 잊힐리야 ..." 하는 정지용 시인의 옥천(沃川)에 못지않았습니다. 동쪽에서 흐르는 여울이란 동탄(東灘)은, 이곳에서 발원하여 흐르고 흘러, 멀리 서쪽에 떨어져 있는 서탄(西灘)과 합류하여 황구지천을 이루어서는, 평택벌판을 지나 서해바다로 흘러 들어갑니다.

시인의 고향마을인 금곡리(金谷里)는 뒤쪽에는 필봉산(筆峰山)이라는 이름의 산이 있고, 앞면인 동쪽으로는 넓고 넓은 황금벌판을 건너, 무봉산(舞峰山)이 우뚝 솟아 있습니다. 춤추는 산봉우리란 이름의 무봉산은 조선조의 큰 선비인 우암 송시열 선생이 잠시지만 처음 땅에 묻히셨던 유서깊은 아름다운 명산입니다. 최시인은 이들의 정기를 받은 것인가. 여러 면에서 뛰어난 인물입니다.

최시인과 나는 초등학교는 다르나 "까마귀떼들이 모이는 산" -- 오산(烏山)의 청학봉(靑鶴峰) 아래에 있는 오산 중.고등학교에서 6년의 세월을 함께 하며 좋은 인연을 맺었습니다. 두어 가지만 들어보면, 1960년 3월 13일에, 이른바 3.15 부정선거를 규탄하는 학생시위가 오산 장터에서 있었습니다. 조그만 읍단위로는 처음인 이 작은 씨알은 전국적으로 크게 번져, 4.19혁명이란 민주화의 거목이 되지 않았나 하고 생각한 적도 있습니다. 이런 민주화의 시위에 앞장서게 된 그 배경에는 평상시 프랑스혁명, 3.1운동 등을 위시하여 올바른 인류발달사와 정의를 가르쳐주신 존경하는 은사님들이 계셨기 때문입니다.

이 시위를 주동했던 두 인물은 정의사회구현을 꿈꾸는 법학도 지망생이었습니다. 그중 한 사람이 최시인입니다. 비록 수십 명에 불과한 우리 시위대는 민주화와 정의실현의 구호를 외치며 선언문도 낭송하고 삐라도 뿌리며 거리를 활보하였습니다. 그날이 오산 장날, 많은 장꾼들이 우리에게 큰 박수를 보냈습니다.

최시인은 학업면에서도 특등이었지만, 운동에서도 탁월한 재능이 있었습니다. 고교 2학년 때, 우리는 경기도 화성

군 내 고교생 배구대회에 출전한 적이 있습니다. 총동기생이 모두 44명인데 그중에서 뽑힌 우리 9명이, 늘 선수단이 있는 학교들과의 대전은 무리한 것입니다. 군내에서 1위 팀인 발안고교와의 대전에서 지기는 했지만, 큰 학교를 맞아 두 차례인가 승리를 거두었습니다. 이는 우리 배구팀의 팀장으로, 전위와 중위센터로 맹활약을 했던, 당시는 키가 컸던 최시인의 공적입니다.

"고운 단풍 떨어지자/ 무수히 아지는 타원형 핵과(核果) 새빨간 루비 열매/터져나오는 석류알 보다 붉게/황홀 노을에 선홍빛 세우다." – 겨울 산수유

최시인의 "겨울 산수유를 읽으며" 잊혀졌던 오래전의 기억이 생각났습니다. 윤동주 시인이 특별히 좋아했다는 프랑스의 시인 폴 발레리의 "석류(石榴 Les Grenades)" 를 학위과정에서 배우며, 문학의 쾌락설(快樂說)과 효용설(效用說)에 대한 이야기를 들었습니다. 시든 소설이든 문학작품을 왜 읽느냐? '재미있어서요' 가 쾌락설이요, '무언가를 배우기 위해서지요' 는 효용설의 답이지요.

고교시절에 한때 많은 책에 빠졌었습니다. 우리에게 "즐거움과 가르침" 을 준 동서고금의 수많은 문인들과 그분들의 작품.... 생략을 하겠습니다.

최시인의 시를 읽으며 많은 것을 배웠습니다. 그리고 매우 즐거웠습니다.

"그리운 어머니" "석양 그림자" "설악산 조난 현장" "민들레꽃" "아까시아 꽃 추억" "어머니의 한 말씀" "외할아

버지의 추억" 등....

이들 중에서 큰 감동을 주는 시는 역시 "그리운 어머니"와 "외할아버지의 추억" 이었습니다. 특히 외할아버지의 헌신적인 사랑이 가슴을 뭉클하게 합니다. 학부2학년 때인가. 폐질환으로 〈국립중앙의료원〉에 입원한 최시인의 병상을 찾은 적이 있습니다. 〈국립중앙의료원〉은 6.25 한국전쟁 당시 우리에게 의료지원단을 파견한, 스칸디나비아 3국(스웨덴, 노르웨이, 네델란드)의 협조로 이루어진 의료원입니다. 생사의 기로에 섰던 최시인을 구해준 의료진에게 감사를 드립니다.

얼마전, 1978년 8월에 간행된 "영원한 마음의 고향 어머니" (피천득 외 54인)란, 낡은 책자를 다시 읽고는 몇몇 지인에게 복사를 하여 전했습니다. 모두가 감동적인 글들입니다. 특히 피천득 선생님과 유진호 선생님의 글이 더 감동적이었습니다. 최시인이 받은 어버이로부터의 사랑을 이분들과 비교하여 보게도 됩니다.

동서고금의 우리 인간들의 언어사에서 가장 큰 의미를 함유(含有)하고 있는 단어는 무엇이냐고 묻는다면 "사랑" 그리고 "어머니" 라고 답하겠습니다.

이런 가르침을 다시 주신 최시인에게 깊은 감사를 드립니다.

백세(百歲)시대를 한참 더 살아가야 하는 최창영 시인의 만수무강을 기원합니다.

■ 약력: 서울사대국어과 졸업. 문학박사
경원대학교(현 가천대학교) 명예교수

차례

차례

백발 지팡이

발그림자 길게 땅거미 지는데
낙엽은 어깨 위에 하나 둘 떨어지고……

석양과 함께 사라져가는
먼 분홍빛 추억을 회상하다

한 정거장 남짓한 거리를
홀로
걷는 백발 지팡이

붉게 쌓이는 낙엽 바스락 바스락 밟으며
내 영혼 세듯 언덕길을 노을처럼 넘어 간다

눈 내리는 밤

한해의
가장 깊은 저녁
눈 내리는
텅 빈 공원

벤치에 홀로 남은 백발노인
아직도 핸드폰에 매달려

천상에 급한 안부를 송수신 하는지
마지막 영혼 간절히 부탁하는지

어둠 속에
하얀 고요 맞으며
눈사람처럼 하얗게 하얗게 저물어간다

내 아내의 파김치

허리 굽은 슬픈 나이 아픈 육신에도
골목 시장에서 하늘 양껏 사들고 온다

그냥
파김치 사먹어도 좋으련만

자정에 일어나 매워 눈물 나는 파를
손톱 밑에 피가 나도록 껍질 까고 흙 실뿌리 다듬고
희미한 촉 전등 아래 기도하늣
밤새 씻고 절이고 손맛 양념하여
아침상에 가지련니 내 놓는다

“맛이 어때요?”
“짭쪼롬~한 게 맛 나는 데요, 잘 먹겠어요”

거치러진 손등
주름진 입가에 하얀 미소

영락없이 장모님 닮은 모습
보살이 나왔나보다

겨울 산수유

집 앞에 산수유
흰 눈 속에 샛노랗게 첫 소식 알리더니

고운 단풍 떨어지자
무수히 쏟아지는 타원형 핵과(核果)
새빨간 루비 열매

터져나는 석류 알 보다 붉게
황홀 노을에 선홍빛 새우다

날 센 겨울새 날아들어도
저 황막한 허공 속 아득한 그리움

기다림의 하얀 달빛 타고
살포시 빛나니

흰 눈에 쌓여 오롯한 앵두 볼 입술
첫사랑 만남인 듯

밤낮 영혼 눈 맞추기에 겨울은 깊어간다

큰 바위 추억

엄산리 북쪽 바위 언덕
앵두나무 우물가 실개천이 졸졸졸

철 따라 진달래 살구꽃 원추리 구절초 피어나고
도토리 밤 흙주머니에 가득 담아
칡뿌리 더덕 캐 먹고 뒹굴며 놀던 그 산 강아지들

돌팍구리 큰 바위 언덕
발끝에 익은 바위에 올라 꽃가지 꺾어 들어
옛이야기 동화처럼 이어가고

넓은 벌판 구불구불 전설처럼 흐르는 긴 개천 따라
아득히 이어가는 행 길 내다보고

솔개 한 마리 창공에 휘이 날아오르면
필봉산(筆峰山) 위로 떠가는 흰 구름 마냥 바라보며
바위에 이름 석자 새기고 "큰 바위 얼굴" 꿈꾸던 그 아이들

꿈속에서나 보려나 그리운 고향
내 놀던 큰 바위 언덕

탁구 치던 날

나비처럼 사뿐사뿐 날아
제비같이 받아치는 핑퐁 소리
오가는 밀어(密語)인 양하고

가슴 뛰는 소리 들킬까
양 볼은 홍당무가 되다

두 눈 별빛 감추려 머물다
마침내 마주쳐 부끄러워 터지는
함박 웃음소리

떠나가는 고운 뒤태
텅 빈 가슴 둥둥 설렘

함박눈
펑펑 내리면 좋겠다

통도사 홍매화

대웅전 뜨락의 홍매화
잔설에 홀로 피어

풍경소리에 님 인가
더욱 붉어지고

그윽한 향기
염불소리 함께 퍼져나가는데

예년에 계시던
향기로운 스님 보이지 않고

갓 피운
연분홍 붉은 홍매화만이
천년 부처님 미소처럼 웃고 있다

편의점 그녀

편의점에 수선화 꽃 고운 파랑새

오가는 손 인사 밝아지고
눈웃음에 두 손까지 흔들며

"그렇게 예쁠 수가 없어요!"
콧노래 들리는 듯 파아란 미소

시를 진지하게 읽어줄 때면
장미꽃 노오란 꾀꼬리

세련되고 깔끔한 물찬 제복
오십대 중년에 백합꽃 하얀 향기 흐른다

아, 나는 파란 하늘에 빠졌어라
오가는 보람의 생기를 여기서 얻다니

오늘도
두 손 깃발 날리듯 빛나게 흔들며 지나왔다

폭염일기

서울 백십 여년 만에 섭씨 39.6도 신기록
한 달여 계속 열대야에 40여명 사망이라니
아침 눈 뜨는 것도 기적이란 말 나오다

바람 한 점 없다
등과 가랭이 끈적끈적 불쾌지수 90
연일 폭염특보 발효 중이니 민심 폭발 1초전

가로수가 축축 늘어져 말라 타고
매미도 땅에 떨어져 할딱거리고
농심은 마른 땅처럼 바짝 타들어 단네 난다
뇌성번개에 소나기 태풍 이마저 흉년이라
연애 까지도 짜증난다는 비상재난 시국이다

마누라는
출근 걷기 땀나니 전철 대신 버스타고
물 자주 마시라 하고

6시 퇴근 마쳐 미리 에어컨 선풍기로 실내 공기 차게 해놓고
밤잠 설칠까 선풍기에 에어컨 켜주어 푹~자게 신경 쓰고

아침저녁 식사는 냉가지국 등으로 시원하게 먹게 하고
입맛 잃을까 밤새 달인 사골 뼈 삶은 국물이나
고기는 빠지지 않는 밥상
매일 새벽 한 두시에 일어나 준비다

제 몸이 아프면 약국 진통제나 파스 붙이며
견뎌 내는 게 고맙고 불쌍하다
사랑한다는 말도, 잘해주는 것도 없는데
정성껏 찾아 보살펴주는 아내가 있어
살인 폭염 이겨내니 감사할 뿐입니다

푸른 그리움은

하늘은
에메랄드빛 호수

소나무 사이로
하얀 햇살 퍼진다

허공에 소슬바람 불어
텅 빈 가슴

푸른 그리움은
곱게 물들어가고

가을 햇살에 익어가
티 없이 맑아지는 영혼

단풍잎에 띄워
그대에게 보내련다

딸 생일 날

어머니와 장모님 총 동원
허둥지둥 입원
긴 산고 끝에 첫 딸 순산이
바로 어제 같은데

48회 생일 축하 케이크 촛불 켜고
딸 아들 사위 며느리 손녀들
아홉 식구 모두 둘러앉아
축하 노래와 박수 방안 가득
엄마 아빠 고맙다는 딸 인사말에
함박 웃음꽃이다

어느덧 한 세대
흘러간 세월 무상에 젖어 딸 나이세는 듯
허탈하게 쓴웃음 짓는 아내

얼굴 잔물결 치는 주름살에
파도처럼 하얀 머리칼 날리고 있다

막내 처제

A4 용지 5천장을 선물로 보내왔다
큰 형부 시인 등단을 축하한다며

내 결혼 때 초등생
형부 형부하며 날 잘 따랐던
막내 재롱둥이

말년 92세 장모님을 공기 좋은 고향에 모시다가
6남매 중 유일하게 임종을 본 효녀

해외에서 십여 년 주경야독하고
견실하게 내실을 다진 실력하며

외아들은 해외 대기업에 다니고
손녀를 보아 부러움이 없다며
전공인 그림을 그리며 삶을 즐기는 중년 모습이
대견하고 자랑스럽다

형부에 대한
처제의 마음 태평양 바다보다도 깊고 따뜻하구나!

서울대 합격 축하

Y대이어 K대도 4년 장학금 합격에
X-이브 날 서울대 경영학과 합격 통지로
삼관왕 달성!

초.중.고등학교 모두 전교일등 전교학생회장에 봉사활동과
교내외 경진대회 대상수상 등 탁월한 학력서 갖추기까지에는
꾸준한 독서에다 푸른 꿈을 키우며 스스로 찾아 공부했고
조용하고 차분한 성격에도 승부욕이 남달랐기에 감동이다

딸과 사위의 외동딸 뒷바라지는 박봉 생활고에도
헌신적으로 눈물겨웠고 외할머니의 지극한 짝사랑과
온 식구 칭찬 격려에 손발이 척척 맞았다

"이가은 서울대 합격" 촛불케이크 축하파티
학교와 가문의 영광이요 자랑이라며
우주 떠나갈 듯 환호박수다

이제 시작이니
더욱 더 노력하고 겸손하고 건강하고 반듯하게 자라
나라와 인류에 헌신하는 "큰 사람 되기" 를 바랬다

외할아버지

1.4후퇴 피난살이에
동상으로 열 발가락이 절단 되어 뒤뚱거리며
걷는 모습이 안쓰러웠다

한울타리 이웃집이라 항상 들리시지만
식사가 나오면 잡수지 않고 한사코 집에 가신다
사위집이 어려워서 인가보다

부지런하시고 농사일에 익숙하셔 “데꺽데꺽” 이란 별호가 있고
엄마한테는 당신 따님인데도 어렵게 대하신다

양자 입양으로 별도 집을 짓고서도 같이 살지 않고
우리 집 부엌 옆에 오막 집을 지어
혼자 식사하시는 모습 처량해 보여도
살갑고 그리운 딸내미를 옆에서 보고 싶으셨던 게다

중학교 입학금을 못내 집에 있을 때 공부해야 한다 하시며
나에게 천자문 하늘 천 따지 공부를 가르치셨다

폐 수술 후 요양 시 제일 아파해주시고
대학교 마지막 등록금을 생명 줄인 논을 팔아 대주신
외할아버지께
"고맙습니다" 는 말씀 못 드린 것이 지금도 한이다

산소에 찾아가서 성묘라도 해야 할 도리인데
차일피일 미루면서 사람노릇 못해 몸 둘 바를 모른다

후덕 근면하시며
그 연세에도 언제나 책을 손에 놓지 않으시던
외할아버지 깊이깊이 존경하고 사랑 합니다

플라타너스 나무

을씨년스런 학교 운동장 구석
플라타너스 나무 그늘 아래

오전반 오후반으로
나무 그늘 아래 넓은 나뭇잎 깔고
옹기종기 모여 앉아 공부하던

풀썩풀썩 먼지와 더불어
책이 없어 전쟁 군가라도 불러대면
유난히 높고 푸른 나무 위로 메아리치고

초롱초롱한 눈망울들
파아란 하늘에 까지 빛났다

뿌리 깊은 플라타너스 나무가
유일한 교실 이였던

그때
숙연한 향수가
밀물 같이 밀려온다

한 치

저녁 밥상에
바다 한치회 한 접시 올랐다

여름 한철에만
涯月(애월) 용암 바닷가 칼날 갯바위에 서서
저녁부터 이슥한 밤까지 낚시질에도
두 세 마리 뿐 이라는데

취미이지만 온몸 던져
거친 파도와 한판승을 펼치는 공포의 시간 산물인데

청정바다 같은 마음으로 보내준 제부 손길
파란 웃음소리 파도처럼 밀려오다

행복 충전

복지관 들어서면 환한 목련꽃 미소가
한산모시 한복 입으시고 앉아계신다

군계일학이요
여왕벌 이십니다

인자하신 목소리로 주위를 제압 하신다
시선집중
모두들 밝게 목례 한다

자리에 앉기 무섭게 커피 뽑아주시고
더불어 사탕은 덤이다

노학들 깔깔 호호
행복 충전은 여기서 끝나는 모양이다

기쁜 아침을 여는
강남 복지관 미세스 코리아

부처님 미소로 공양하시는
자비로우신 보살님이여!

생불이시다

허공 타는 파랑새

사랑을 위한 서곡!

사랑 이미지를 네이버에서
캡쳐하여 내 폴더에 저장 한다

외롭고 그리울 땐 탐색기만 클릭하면
나만 볼 수 있는 연꽃 사랑
부처님 미소로 다가 서다

이미지에 아름다운 시구를 새겨 저장할 때마다
태양처럼 불타오르는 해바라기 꽃 사랑
설렌 그리움에

스마트폰 카톡으로 멀리 선생님께 보내면
푸른 허공 타는 파랑새

아무도 몰래
깃대 올린 사랑
바다처럼 깊어만 간다

헛소리

폭염이 불타는 오후
연못가 연꽃 향기 맑은 여류 시인
우연히 만나

"제가 여사님 사랑하는 것 아시죠
지금 고백하는 거예요"

평생 누구에게도 차마 못한
그만 뒷감당 못할 말
쉽게 연극배우처럼 해냈다

내 마음 훔쳐보았는지
한 그루 키 큰 배롱나무 꽃 천지간
가득 빨갛게 타 오른다

그날 밤
사랑이 죄스러워

아내 몰래
백발 열대야를 뒤척이며 하얗게 지새웠다

홀 할머니

홀로
고양이처럼 웅크리고 앉은 모습
등에 멘 가방이 커 보인다

대한민국 최초 여군 창설 멤버로 엘리트 여군이었고
남매를 반듯하게 키워 출가시킨 어머니

세월 무게에
무릎 허리 어깨 아프고 힘겨워하며
텅 빈 집 외로움 벗어나

사람 구경하고 탁구 치면서
시집 몇 장도 넘기시는 할머니

점심 한 끼에
긴 꼬리 차례를 마냥 서서
외로움을 달래며

평생 가슴에 안아온 별을 생각하는 듯
동정 어린 눈동자

남몰래 눈물을 감추고 있다

황혼 가정 평화를 위하여

은퇴 후 남편은
새로운 격언을 가슴에 새겨둘 일이다

침묵은 근근이 가정 유지요
말대꾸하면 황혼 이혼이다

가부장 윤리도덕은 이미 무너져
남녀평등 지나 여성상위 시대라

말 못하고 벙어리 냉가슴 앓듯 살아온 세월
여성 불평등 한이 폭발 직전 이란다

이젠
사랑의 복종이 꿀보다 달콤하다

황혼

푸른 오월
눈부신 광장을 걷는다

훈풍에도
넘어질 듯 절뚝거리며
힘겨워 아득해진다

정상으로 걷는 것이 당연한 줄로
지난날을 말하여 무엇 하랴

이것도
누구에겐 기적이라는데

황혼에도
여전히 하늘은 푸르고

오월이여
신록이 된 황혼이여

황홀한 노을이 되어

코로나19 팬데믹 초토화로 일상실족인 집콕에
하루 구만리 그리움 동백꽃처럼 멍든 백발 문우들

영동교 아래 야외무대 학처럼 흩어져 앉아
긴 강물소리 푸른 대나무 숲 바람 마시며

눈망울 초롱초롱 영혼 둥둥 설렘에
마지막 사랑완성 꿈을 안고

황홀한 노을이 되어
흐르는 강물에 푸른 시를 띄우고 있다

휠체어 탄 할머니

91세로 6남매를 두었다
24시간 도우미와 사신다는 할머니
떨리는 손으로 치매 예방약을 손에 들고 있다

10년 넘게 하모니카도 배우며 건강하게 살다가
어느 날 집안에서 넘어져 휠체어 신세

나와도 누구하나
말 건네주는 이 없고 무심히 지나갈 뿐

위안의 따뜻한 손길이 어디에 없을까

"남의 일 같지 않다" 고
이를 지켜본 보살님의 말씀이 무겁다

늙어가고 외로워지고 아픔에 눈물 고인 할머니
이방인 같은 모습에서 나를 보고 있다

흰 구름

세대차이 없이 실없는 일상 이야기에도
청무우 푸릇한 순수와 눈썹 짙고 깊은 호수에
맑고 밝은 눈인사 긴 여운 남아

시편 보여주는 나의 진정성에
그녀의 효심어린 친절은 물 데우듯 깊어는 가고
바람 마음 가늠할 수 없이 영원할 줄 알았는데

느닷없이 떠나간다니
오래 살갑게 쌓아온 정

아침 반짝 이슬방울이요
허공에 흩어지는 흰 구름인가
색즉시공이어라

봄비 추억
홍시 그리움으로 여울져 흐르기를 ......!

제부도에서

끝없는 수평선 자락
반짝이는 물결 위에 돛단배 하나

바닷가 낮게 갈매기 나르고
비릿한 소금 끼 코끝 때리는 바다 향기

젊음의 뒤안길
돌아보는 여인

긴 머릿결 흩날리며
모래사장 파도소리 가볍게 밟는다

광활한 바다 하늘 끝 닮아 가며
푸른 꿈과 사랑 넘치는 낭만에

두 손 번쩍 든 환호의 저 함성

깊어가는 부푼 가슴에
파란 사랑이 파도처럼 밀려오다

주름이 빛나는 집

푸른 숲속 아파트
실개천 풀벌레 소리로 고요롭다

매화 산수유 목련 라일락, 모과 원추리 백일홍
장미 찔레꽃 철쭉, 단풍나무 은행나무 자작나무
꽃 숲 대궐이다

실개천에 올챙이 고기 잡는 꿈나무들과
개구리 매미 울음소리 훔치는
향수의 꿈이 익어가는 마을

느티나무와 노송들 쉼터에
구름 의자에 앉은 노부부 "회상" 조각품 바라보며
흰 구름 속 하늘을 같이 노닐다

사십여 년 간 주름이 빛나는 집
아들 딸 둥지 떠나가 석양에 느긋하니

이젠 코로나 팬데믹으로 삼식이 집콕 한들
집값 급등 소식에 세금 폭탄만 없다면

100세까진 가뿐하게 살지 몰라!

죄 값

나에게만 짧은 횡단보도 신호
요즘 느려지고 절룩거리는 걸음이다

장남감이 없었던 개구쟁이 시절
개미 행렬을 보면 밟아 훼방 놓고
방아깨비 잡아 떡방아 찧기 놀이하다
다리 부러지면 버리곤 했다

"이러면 내가 죄받지"
"스님은 산행 시 지팡이 짚고 배낭에 방울까지 매달아
 미물들을 살핀다는데"

황혼 길에서
옛적 일 하나하나
오늘도 참회하며 힘겹게 걷고 있다

내 손과 발로 지은 업보(業報)였다고
죄 값이라고
말하면 되나

짝짝이 새 운동화

중학교 입학금 못 내서
지게지고 필봉산(筆峰山)에 나무하러 가고

다른 애들은 새 운동화 신고
교복에 가방 메고 학교에 간다

산 꿩 푸드득 나르고
양지쪽 아지랑이 피어오를 때면

성황당 고개 진달래꽃 봄날에
어린 가슴 목이 메인다

물려 입은 옷에 검정 고무신 신고
일하기 하루해가 지루할 때면

입학 때 신으려고 신주 단지처럼 깊숙이 두었던
짝짝이 새 운동화를 어둔 사랑방에서 꺼내 신고는
팔짝팔짝 뛰며 먼 학교 길을 못내 바라보곤 했다

참 외

노란 참외에 고향이 묻어 있다

중학교 첫 여름방학
점심밥 싸 들고 먼 들판 길 걸어
개천물가 참외밭 한 달간 파수꾼 노릇

긴 여름 하루가 외로운 미루나무 같고

뙤약볕 아래 익어가는 달콤한 참외 냄새 코끝에 닿아
주린 창자에 몇 번이고 만지기만 했던 어린 시절

때깔 나는 물건은 시장에 내다 팔아야 하니까
어머니의 허리 목은 또 얼마나 아프셨을까

이른 계절 상표 붙은 참외를
먹다가 울컥한다

칠월 칠석

삼복더위 장마 끝날 즈음엔
도랑둑 높은 미루나무에 매미 울고
후드득 텃밭 호박잎에 빗소리 지나고
쌍무지개 동편에 떠 아롱지면

집집마다 전을 붙이는 잔치 기름 냄새에
강아지 마냥 킁킁 침을 흘리면서
스프링 달린 발로 하늘 높이 뛰어다녔지

견우직녀가 일 년 만에 은하수 오작교에서
만나는 길일(吉日)이라며
할머니들은 절에 가시고
어머니는 밀전병을 장독대 위에 올려
칠성님께 가족의 명(命)과 복(福)을 빌고
수염 긴 어르신은 여우비 오니 풍년 점치시다

견우와 직녀 신부 방 꾸민다는 어른들 말씀에
은하수 마냥 바라보며
그리움 남 몰래 콩당콩당

내 고향 여름방학 유년시절 그립다

천년 종소리

수도산 흰 구름에 싸인 3층 석탑
대웅전 노스님 독경소리 연꽃 향기처럼 흐르고

싱그러운 신록 에메랄드빛 하늘 아래
중생의 염원이 오색연등 꼬리에 달려 살랑이다

천년 종소리 경내 울려 퍼지니
무명 밝혀지고 바람처럼 사라지는 번뇌

하늘 높은
미륵대불에 합장하다

봄날 어던가
동창 셋이 여대생과 손 맞잡기 소풍으로
한강 물살 배 타고 노송 산길 천년 고찰

젊음이 어제인 듯
연꽃 눈망울에 휘날리는 초록 한 때가 아련히 떠오르고

백발 지팡이
석양 긴 그림자 풍경소리에

"제행무상"
발걸음 얹어 속세를 씻는다

철둑길 밑 학 고방 집

갈월동 쌍굴 다리 옆 골목길 2층 다다미 방
철둑길 밑 학 고방 집들 속에 끼어
석탄가루 먹고 시커먼 기차소리 들어야 했다

청운의 꿈을 안고 서울 유학
스무 살 시골뜨기가 어머니 손에 이끌려 여기까지 왔다

이북 말씨 쓰는 홀 할머니의 알뜰 살림에 얹혀
잠자리에는 가끔 막내딸 신혼부부가 잘 경우도 있어
아랫목 이불속 부끄러운 꿈결소리 피할 수 없다

등교 시간대엔 여대생들이 밀려오는 무리 무리에
봄꽃 향기를 쫓아 턱을 높이고
5월16일 새벽 한강 쪽의 총소리에도
역사의 증인처럼 텅 빈 남산 교정을 홀로 거닐었다

때론 신기한 길거리 헤매고
오가는 사람들 좋아 얼굴 읽노라고 허송세월도 보내며
헛꿈 만 먹던 시골 굼벵이

한 달에 한두 번 먹을거리와 용돈을 챙겨주시던 어머니
품속 떠나지 못한 맘마보이 되어
고생하시는 줄도 몰랐던 철부지 시절

민들레 꽃 같이 사시고 가신 어머니!
가슴에 멍울져 남아있습니다

추석 보름달

밤송이 벌어지는 동산에
한가위 보름달 떠오르는 저녁이면

수수밭에 잎 파리 따 모아 거북이 만들고
장구 꽹과리 북 징 소고 준비에 시끌벅적

마을 전통 "거북놀이" 집집마다 한판 펼치며
"얼씨구 좋다, 농자 천하지대본"
"거북 같은 무병장수에 풍년 일세"

농악소리 흥에 겨워 깊어 가는데
때 마쳐 막걸리 송편 전등 상차림 가득 나오면
모두 나와 마시고 춤추며 한적했던 온 동네가
덩실덩실 한식구로 웃음바다

축제놀이 끝난 마을 밤은 쥐 죽은 듯
적막에 쌓이고
임 같은 보름달은 휘영청 더욱 아득한데

우물가 수줍어 한팔 간격 떨어져
도란도란 긴 이야기
찬이슬 맞으며 풀벌레 소리 숨소리인 양 이어가고
우물 안 깊은 별빛에 눈동자는 초롱초롱 빛나고
설레는 가슴 마냥 깊어만 간다

고향 추석 보름달 밤을 꿈속엔들 잊을 수야

침묵의 봄

양재천 수양 벚꽃
꽃구름처럼 피어올라 터널 전설 수놓고

노오란 개나리 수선화 튤립도
질세라 시새워 피어나니

구름처럼 몰려오는 연인 친구 가족들
찰칵하며 환한 웃음에 하늘 둥둥 들썩댔는데

코로나19 팬데믹 죽음 초토화로
대인 공포증에 거리 두며 복면으로 얼굴 싸매
표정 없는 설국(雪國) 사람들처럼 차디차기만 하다

사람 소리 얼어버린 침묵의 봄
빛바랜 잿빛에 잔인한 꽃 계절

봄은 한껏 와대도 시리고 슬픈
공포의 코로나 봄날로 가고 있다

카톡 행복

아침 카톡 "가을의 기도" 보내며

– "저는 행복합니다."
– "저도 행복합니다!!"

우주를 품은 듯
하늘 구름 한 점 없이 파랗고

가슴 뭉쿨~~ 둥둥~~

백합꽃 피어나는 행복
석류 알 붉게 터지는 사랑

가을 새
깊은 허공 타고 달려오다

크리스마스이브

첫눈 내리자 어둠 깔리고
아기 예수탄생 찬송 반짝이는 크리스마스트리
명동은 젊음의 거리로 출렁이다

동악(東岳) 나침판 *북두칠성과 은하수 칠 선녀들 첫 만남
서울엔 만원사례로 군포 꽃 대궐집에서 올나이트다

각본 없는 화이트 크리스마스 무대 속에
쑥스럽고 낯선 설렘들

맥주잔 올리며 눈 손 온도 맞추기 사랑게임 놀이
홍매화 향기 가득히 흐르고 까르르 웃음꽃 바다 속
동백꽃은 붉게 피어나 아쉽게 깊어만 가는데

파랑새 찾는
지상의 밤은 꿈같이 너무 짧기만 했다

반세기가 지나도
그날 꽃향기 별빛 눈동자 가슴 둥둥
이브 날이면 어김없이 추억으로 피어나 잠 못 이루다

* 북두칠성: 고해룡 김기윤 김두섭 민경화 유재연 조남준 최창영

속절없이 우물처럼

살구꽃 피는 뒷동산 두 언덕 바위에 싸여
일곱여 초가집 옹기종기 한 마을 전설이 내리고
도랑물 빨래터 길가엔 미루나무와 뽕나무 오동나무 서
있다

古書(고서) 가득한 큰집 사랑방 흰 수염에 갓 쓴 어르신
귀띔 연분 말씀에도

"엇자 숙자 희열이" 말 소꿉장난 하며
꽃밭에 벌 나비로 여동생처럼 놀았을 뿐
앵두나무 꽃 연분은 이내 피지 못하였다

미련인지 친분인지 언니와 몇 번 찾아올 때면
정을 떼듯이 어린 딸이 빽빽 울어 댔다

"어허 사랑이여" 시 읽다가 문득
아직도 혼자 산다는 풍문
백발일 텐데

어릴 적 고향 연분홍 아린 추억이 아련하다

졸 음

공원이고 쉬는 장소에
하얀 머리의 노인들

아침 점심 시도 때도 없이
졸음이 일이다

할 일 다 했으니까
모든 것 내려놓고
생을 관조하시나 보다

아!
조용히 쉬는 모습
졸음 겨운 눈일 듯 엷은 미소

대웅전 부처님

손가락 언약

눈시울 손가락 언약은 언제 이었던가
만나 뵈온지도 아득하고
가물에 콩 나듯 카톡이 멀어지고
계절 바뀌는 줄 모르게 햇수만 지나습니다

외손녀 독사랑 짝사랑 소문만 무성
선생님은 思秋期(사추기) 신혼 중 인지 몰라

해 솟는 눈부신 웃음
사랑 오아시스는 어디에

"목말라요"

석양 길 긴 그림자 드리운
사하라 사막입니다

수평선 푸른 사랑

신록 싱그러운 초여름
푸른 햇살에 저며 오는 이심전심

"가을 고백
(시를) 사랑 합니다"

백합꽃 하얀 천사 연분홍 소리
갓 피어오르는 연꽃 미소

치자 꽃향기처럼 향긋하다

천년 첫사랑 그리운 영혼
앙가슴 둥둥

해바라기 꽃 붉게 불타오르고
파랑새 높게 솟아오르다

황홀한 석양 노을 흐르는
수평선 푸른 사랑

깊은 파도처럼 만조 되어 밀려오다

심중에 그 말

긴 여름 잔인한 무더위
가을 맞는 기쁨에도

고운 단풍잎 하나를 쥐어주고는
생뚱맞은 말 몇 마디 밖에 못하는 토박이

가슴에 지진이 나는 듯
영혼 눈동자 번득이며 온몸이 설레고 있다

그윽한 눈빛으로
단풍잎을 바라보고 있겠지

심중에 그 말
차마 하지 못하였구나!

소슬한 가로수 거리
석양에 젖어 가는데

한없이 걸으며
그 단풍잎에 가을사랑을 쓰고 있다

아내의 봄

봄을 기다리는지

접시에 물 붇고 무 우듬지 잘라 얹어두니
얼마 만에 노오란 싹이 돋고
초록색 이파리 푸르게 자라
무장대 높게 솟아오르더니
이내 연보라색 십여 개 꽃봉오리 벙글다

식탁위에 올려놓고
두 식구 벌 나비 되어 바라보고 꽃향기 맡으며

생명력 엄숙함에 고개 숙인다

이 기쁨 찰칵하여 제주 막내 처제에 보내니
바로 들려오는 감탄에 행복이 배가되는 순간

주름살 펴진 아내의 예쁜 마음
봄을 엿보게 되니 새로운 발견이다

아카시아 꽃 추억

학교에서 걸어서 십 여리 집에 가는
은개마을 앞 긴 둑 방에 아카시아 나무숲 있어
향긋한 꿀 향기가 하얗게 하얗게 주렁주렁 피어날 때면

윙윙대는 왕벌 무서워도 가시에 피가 나도
꽃가지 휘어잡아 꽃을 책가방에 가득 따 넣곤
길가 철버덕 앉아 깔깔대면서 삐리도 함께 뽑아먹으며
가는 세월 모르고 장난치던 친구들

앞산 뻐꾸기 울고
푸른 보리밭 위 맑은 하늘에
종달새가 방언을 풀어 놓고 있을 때면

청학 교정 아카시아 나무숲 아래 누워
지는 꽃잎에 하염없이 봄날을 묶어 노래하던 친구들

지금도 눈앞에 선히 들어오는
그리움의 향기 짙푸른
까까머리 시절의 향수다

약사여래상 앞에서

동해 푸른 바다로 둘러싸여
약사여래상이 하늘 높이서 굽어보고 있다

두 손 높이 들어 양손 엄지 치켜 올려
일생 기쁨에 하늘 날듯이 날 뛴다

천지간에 나와 남편이 최고!
아니 내가 최고!

만세 만만세!
천상천하 유아독존 이 마음 아닌 가

득도의 법열에 빠져 해탈 기적이룬 듯
그녀 생애 처음인 양 목련 꽃 함빡 웃음이다

약사여래상 넘어
하늘에 닿는 사랑 덩어리!

어느 병사의 죽음

최전방 휴전선에서
국방의무 수행 중 총기 사고로
목숨이 분초를 다투는 시간이다

구급헬기는 언제 올려나
병사는 응급조치도 못 받고 죽어갔다

내 나라 내 땅 안에서도 최근 남북 군사합의에 따른
비행절차를 지키느라 이륙이 늦었기 때문이라니

국민 생명보다 군사합의 우선을
나는 엄중히 묻는다

한 생명이 천금보다 귀함을 잊었는가

오디와 버찌

양재천 숲길 뽕나무 벚꽃나무
오디와 버찌가 한창

허리 굽은 백발 지팡이 그만
새까만 열매 보자

괜히 조마조마 철없이 따먹던
달콤한 그 맛을 못 잊어

염치 불구 오디와 버찌 가지 휘어잡고
주책없이 양손에 입에 까맣게 물들이면서
한참을 마구 먹어댔다

어린 시절 내 고향인 듯
뻐꾸기 뜸부기 울고

저 멀리
산 꿩 푸드득 날은다

어머니 한 말씀

이 세상에서
가장 아름다운 이름 어머니

음력 설날이면 으레 오산 읍내 안경잡이 네서
신수점인 토정비결 보시곤 적힌 글을
식구대로 한 말씀 하신다

"너는 천하에 글씨로 날릴 것이나 큰 실수가 있을 수라"

재경 학우회장 출마에 건강 악화로 수술 후
정상을 벗어난 불편한 몸이 되었고
사십 대 대청봉에서 조난당하여
정월 혹한을 밤새우며 죽음의 문턱까지 갔다

칠십에 은퇴 후
복지관 노보살의 입김으로 시 공부에 빠지다

장계라는 시인은 불후(不朽)의 명작 하나로
명성을 날리고 있는데
글씨로 천하에 날릴 때가 올려나?!

아,
이꿈

어머니의 한 말씀 유효기간이 낼 모레이던가

장계(張繼)(715-779) 중국 당나라 시인, 풍교야박

분홍 기억

노을 그늘
푸른 이끼 위에 떨어진 노란 살구

분이 얼굴 생각나
차마 그냥 못 지나 허리 굽혀 줍는다

며칠 주워 모은 추억을
아내는 식탁 위 그릇에 조용히 담는다

노랗게 빛나서
이내 바라보며 향내 맡다가
입안에 넣으니 첫사랑 키스
달콤 상큼한 신맛에 몸서리쳐지는 전율
젖어오는 동심

뒷동산 살구 따먹기 분홍 기억
뜸북새 우는 아련한 향수가
밀물처럼 파랗게 밀려오다

장수사진 찍는 날

몇 년 전에는 영정사진이라 했는데

분장사가 있어
눈썹 그리고 파운데이션에 입술 빼끼칠 하고
와이셔츠 넥타이에 양복까지 입혀준다

꽃단장에 웃으라며
하늘 님과 약혼사진 찍는 분위기다

염라대왕에
잘 보일려고 농담도 하면서
조문객에
잘 보일려고 반문도 하면서

장수비결이라 하는 말에
웰다잉 준비가 기분 좋게 진행되고 있다

여기도
유비무환인가

이쯤
나이가 되었구료!

장모님 성묘

성묘길
지팡이에도 아들이 부축이다

숲속 자연공원
손바닥 만 한 비석

"엄마, 선옥이 왔어요" 손수건으로 쓰다듬고
"장모님, 저 왔어요"

신록의 오월 높푸른 하늘
눈부시게 그리운 햇살

오년의 세월 속
깊은 허공 무겁게 흐르는 적막

바람에 들리는 음성

"용서하고 사랑하며,
 형제간에 우애 있게 지내라"
아직도 자상하시다

철쭉꽃 민들레꽃이 합장이다

빗방울

갑자기 몰려오는 먹구름 속에
소나기 퍼 붓자
길가 경사로를 따라 흘러가는 물줄기

피아노 치듯 땅바닥을 튀는 빗방울
하얀 포말에 천지 그림자 피어나고
빗소리 음결에 환상 무도회 펼친다

먹구름 개이자
언제 그랬나 씻은 듯 사라진다

– 백년 자랑 인생도
이렇듯 한낱 공(空) 이러니–

고인 빗물 위 파란 하늘 비치고
들꽃이 하얗게 피어난다

사랑 복지관

허리 굽은 노인들
저승 신고 전 대기소 쯤 아닌가 했는데

일상의 소소한 동병상련 허물없이 털어 놓아
아픔을 나누는 영혼 위로 쉼터

구름같이 바람같이
여유를 소요하는 꿈의 도량

따스한 사회 봉사하는
보람찬 일터

석양 황홀하게
바다로 흐르는 강물처럼

마지막 사랑 완성
활활 타오르게 하는 쉼터 용광로

사춘기

서울에 유학하는 시골 이웃집 누이
호수처럼 맑은 눈매에 빠져
강아지처럼 꼬리를 흔들었다

여름방학 어느 날
누이집 앞마루 단둘이 걸터앉아
백합꽃 하얀 동화 이야기

누이의 허벅다리 세상 속으로 나올 때
짧은 여름 치마에 가려져

꽃술!
하늘처럼 보고 싶어 심장은 쿵쾅 거리고
나비처럼 오래 바라만 보다가
그 향기에 군침이 묻어서일까

"아무 것도 볼 거 없어!"

외마디,
죽비 소리 지나간 오후

고요한 앞마당에
봉선화 붉게 피어났다

샘솟는 그리움

봄비가 촉촉이 내립니다

어쩔 수 없어 집콕에 꽉 박힌 나날
하루가 구만리
꽃 삼월에도 뵐 기약 아득하다

매일 보아도 보고 싶던 모습인데
그간 못 본 그리움이 동백꽃처럼 붉어져

컴퓨터는 선생님 보고 싶다고
훌쩍훌쩍 소리 깊어 가고
물풀가족행복캠핑을 검색해 보여주며 달래다

연분홍 홍매화 밝게 피어나는
미소에 소리와 향기

허공 속에 보일 듯, 들릴 듯, 닿을 듯
강물처럼 샘솟는 그리움

긴 강 언덕
내리는 철없는 봄비
외로운 눈동자 마냥 적시고 있다

석양빛 등지고 떠나는

오랜만인지
폭삭 늙었더라고요

같이 늙어주니까
친구들 보니 오히려 위로가 되더라고요

아파서 못 나온다는 친구는 늘어가고
귀들이 멀어서 큰소리 질러야 소통되니
말소리는 어눌해지고

손가락에 물 난다며 우스갯소리 잘하던 친구
술 못 먹어 묵상에 들고

하얗게 하얗게 늙어가는 세월 속에서도
송 사장 청춘사냥 신소리는 여전하고

잠시 무릉도원에 온양 웃고 떠들고
한 이야기 또 하니 그래도 재미라

어느새 호미 들고
깔깔거리며 파란 냉이를 캐고 흙냄새 맞더니만
오늘이 제일 젊은 날이란다

석양빛 등지고 떠나는 고향 친구 모습들
겨울로 가는 나뭇잎 같아 허허롭다

선 근

우뚝 선 남근 상
탑 안에
미소 짓는 저분은 누구신가

앞에 선 보살님들
얼굴이 붉다

남근은 극락을 선사하고
선근 씨를 뿌리니…

부처와 동격이라
중생들은 들을지어다

어서 깨달아 극락 누리고
선근 쌓으라고
넌지시 일러주시는

저안에 계신 부처님 !

선홍빛 동백

가지에서
땅위에서
임의 가슴 속에서 피어나는 동백꽃

오늘은
가지에 활짝 선홍빛 매 달았네

순결은
맑고 밝다

하늘은 푸르고 빛나
대지에 환희 가득 하구나

누구 사랑이라
향기까지 흩날리는 가!

설악산 조난 회상

사십대 중반 삼총사가 꿈에 그리던 대청봉을 올라
중청 산장에서 정복의 밤을 축하로 보내고

천불동 계곡 타고 신흥사로 내려가는 일정을
전날 내린 눈으로 잘못 푹푹 발목 잡는 낯선 길로 빠졌다

대여섯 발자국을 믿고 따라가다가 한 사람 발자국에서
무릎까지 차는 흰 눈 바다에 헤매다
해는 노루꼬리
산골짜기에 어둠은 깊고 길다

바위 밑 운신 처 찾아 여름용 텐트 하나치고 마음 모으는데
별빛 하늘만 빵 뚫린 죽음 같은 계곡
어둠속 산짐승들 추위에 떠는 울음소리에
저승사자도 도깨비불도 보인다고 헛소리 시작 한다

휘발유 버너도 나무 색장구도 불이 붙지 않는 영하 십여 도 추위
최후엔 비닐봉지까지 뒤 집어 쓰고
발이 얼어붙고 얼음장 되는 몸이라 셋이 밤새워 서서 뛰기다

문명 구원의 손길이 닿지 않는 원시 궁지에 몰려 추위
와 싸우다

기진맥진 검은 죽음의 계곡에도 태양은 밝아
살았다 얼싸안고 만세삼창!

한 시간여 절벽계곡 미끄러져 내려오니 수렴동 대피소!

커피에 장작불 쬐면서 "천우신조" 라며 합심 우정을 나
누다
긴 잠에 빠지면서 꿈결에서 까지
유비무환의 교훈을 뼈저리게 되 뇌이고 있다

설야의 눈길

강남 문학축제가 열리는
삼성중앙역
승차 입구에 혹시나 하며
벌써부터 눈빛이 길어진다

내 눈앞에 매화꽃
향기 깊은 목소리

작품 앞에서 함께 찰칵
축하 눈인사 몇 마디뿐인데

봉은사 가는 꽃길 내내
잔잔한 파도처럼 설레인다

이내
사진과 함께 보내온 카톡 파랑새

영혼으로 이끄는 순수 눈빛이다

살 구

둘러앉아 씻어 먹는 노란 살구
어릴 적 먹던 달콤새콤한 고향 맛이다

행화촌에 도랑물 소리
마당 뒷면 늙은 살구나무에서 향수가 풍기다

개구쟁이 셋 넷 모여 돌이나 짧은 막대기를 던져
살금살금 줍다가
할아버지에 들켜 도망치던 그 때

으깨진 살구를 대충 씻어 먹던
달콤한 웃음소리

앵두 오디 버찌도 있으랴
멀리 팔봉산 뻐꾹새 울음소리 전설로 들으며
입맛에 달린 어린 시절

센 백발 때문인가
매 철 과일 볼 때마다 그 시절, 그리움이 절절하다

소낙비 내리는 날

한여름 소낙비가
내리쏟다가
훤하니 그친 듯해도

텃밭 호박잎을
지나가는 빗소리

도랑물에 뛰는 물고기
마당 앞 까지 올라오고

푸른 언덕 위에 뜨는
오색 쌍무지개

마을 전설 익어가는 장독대
봉숭아꽃 피어나고

옥수수 감자 개떡으로
허기진 점심을 때우는
여름날 오후

지금도 잊지 못 할
그 소낙비가 오고 있다

민들레 꽃

육교 시멘트 틈에 뿌리 내려
불가사리 잎사귀 바닥에 깔고

파란 하늘에 닿게
등대처럼 꽃대 높이 올려 핀 샛노란 한 떨기 꽃

이 아득한 거리
황막한 주위에 연등 되어 그리움을 밝히다

끝내 사무쳐
말 한 마디 못하고

둥근 씨 송이 백발로 하얗게 하얗게 해탈 되어도
세월 바람 불면 흩어지는 외로운 홀씨

허공에 멀리멀리 萬行(만행)하다

그대 그리움
지상에 또 심는다

미 투 유감

성추행 당했다는 폭로가 잇따르자
최 모 여류시인이 괴물이란 시로
이 불길에 기름을 붓는 다

노시인에게 성추행 당했고
다른 사람의 목격자도 있었다며 폭로성 발표로
짐승 취급 여론몰이다

기인이나 작품으로 노벨문학상 후보였던 86세 작가 얼굴에
가래침을 뱉었다
이삼십년 전일을 빌미 삼아

인민재판식 과거를 들쑤셔대는 시류에 편승한
냄비근성이랄까

국민은 무죄추정의 원칙으로 재판판결 전까지는
범죄인으로 비난취급 해서는 안 된다고 한다

까마득한 과거 행적을 끄집어 내 범죄인시 하는 것은
시인이라면 더욱 할 일이 아닐 터

진흙탕에서 연꽃은 피어나고
명마는 나쁜 버릇이 있다한다

각박하게 헐뜯는 일은 문화계를 황폐화 시킬 뿐
황진이 같은 시인이 그립다

가을 소풍에서

가을비 내리는 오솔길
떨어지는 노오란 낙엽
구르몽처럼 밟으며

한 우산 속 단풍 연인 되어
깊은 서정에 맞잡은 체온

"가을 소풍이 연극 장면 같아요
네, 희극 이지요"

늦가을 소풍에 설레는 눈길
서로 닮은 국화꽃이라며

호수가 벤치에 앉아 돌아갈 줄 모르고
황혼을 파랗게 물들이지요

바둑 비밀

봄비 내리는
아카시아 꽃 숲속

매봉산 정상 정자에
바둑판 마주 앉은 백발 신선

신의 한수 찾기가
언제부터 인지 땅거미 지도록
말이 없다

바람소리 새소리
산토끼 문안에도

속세 잊고
천년 태고 정적 속에 묻혀

바둑돌 놓는 소리
풍경소리 향기 인양 흐르고

해탈 가는 길 깨우쳤는지
돌부처가 되고 있다

방콕 K-방역

일 년 내내
아침 식사하고 돌아서면 점심 또 저녁
돌밥~돌밥 신세, 외식도 없다

내 안직이 소프라노 염불소리 귀에 못이 박히는데
벙어리 냉가슴 침묵에 내규까지 실천해야하니
안거(安居) 스님의 무문관 수행이 아니랴!?

매일 TV에 K-방역
일상 옥죄는 규제들 수시로 쏟아져 나오고 더욱
확진자 증가에 사망자수 급증 소식 무섭고 섬뜩하다

갈 데는 막히고, 기가 팍~ 죽어서
일~년~내~내 집콕에 방콕이다

내 나이면
종심이니 우주 주인공이라 하던데

정말, 왜 이래?

K–방역!

국민을 짐승 취급할 뿐
아직도 희망이 안 보이는 나라
창살 없는 감옥 같다

복지관 식당에서

점심 한 끼 위해
포로수용소 줄서기 같이
복도에 길게 늘어선
노송 굽은 허리 학의 백발노인들

생존이 전부인 듯
일찍 먹어야 한다고

모든 것 다 내려놓고도
체념하는 듯
영혼 기도하는 표정들

한때 한강의 기적을 이룬
빛나는 대한민국의 역군이었고

집안에서는
웃어른이신데

밥맛이 좋고 저렴하다면서

마냥 차례를 기다리며
하루를 때우고 있다

봉은사 연등

부처님 오신 날
청자 빛 하늘아래

석탑 위로
오색 연등 무지개 피어난다

촛불 밝힌 연꽃등 꼬리에
가족이름 소원 붙여 합장하나니

만사의 일이
소원대로이고

노스님 향기로운 염불소리에
무명등(無明燈)이 살랑살랑

천년 종소리
그윽한 풍경소리 들리나니

번뇌 끊어져
무명(無明)이 밝혀졌다고

대웅전
부처님이 미소로 접수 하신다

나는 우주 주인공이다

2021년 새해 아침
떡국 한 그릇 먹었다

해마다 더해오던 나이테이지만
칠순 지나 팔순까지 갈 줄이야

이제 종심(從心)에서
우주 주인공 된다는데

금혼식도 할
이 빠진 호호 백발 아내
아득함이 눈앞에 앉았다

육체는 눈 쌓인 고목이어도
마음은 봄 새싹처럼 푸르니

여유(旅遊) 인생
바람같이 구름같이 살다

뒤늦게 시작한 시(詩)
맑은 영혼 문자 사리라도 남겨야지

매봉산 미륵불

산신제당 서남쪽 산기슭의 바위들
볼 때마다
미륵불은 보이지 않고
미세한 중생상만 보였을 뿐

오월 어느 날 산책길
바위에 없던 미니돌탑이 쌓여
나도 미니돌탑을 쌓았다

이쪽저쪽 원근거리에서 찍은 사진 살펴보니
뚜렷하게 "웃는 미륵", "미륵불 바위" 다

이제 매봉산은
신령 산의 면모를 갖춘 유명산

순간 성불하는 기쁨
매봉정상에 태극기가 푸르게 휘날리고 있다

가을 고백

깊어가는 가을
횡성 숲체원 숲길 따라 낙엽 밟으며

해발 높고 맑은 공기 늘솔곳 전망대
시낭송 추억 쌓기에 설렘과 낭만이 흐른다

단풍 온몸 물들고 영혼까지 낙엽 되어
손목걸이 약속 동심에 젖는다

시 한수 즉석 읊조리기
"나는 000 씨를 사랑 합니다
미 투, 나도 최0영 씨를 사랑 합니다"

우주를 얻은 기쁨
천상천하 유아독존 이 맘 이러고!

서로의 눈길 온도도 맞았는지
한바탕 웃으면서 황혼 사랑 고백 시

산국꽃씨 되어 푸른 허공 타고 두둥실
사랑의 완성 깊어간다

청태산 단풍
낙조 흐르는 강물처럼 눈부시다

그 푸른 섬에 가고 싶다

풍광경치 고요 속에
사랑과 낭만이 살아 꿈틀거리는 바다 항구와 갈매기
모래 백사장 해안선 파도 따라 발자국 남기고……

수평선에 배 한척

서해 낙조도
바라보고……

나는
그 푸른 섬에 가고 싶다

갈 증

"해내존지기 천애약비린" 깊은 언약
7년여 지기 변함이 없다

손은 만질 듯 말 듯
심쿵하는 갈증 있어도 허공에 날리고
시사랑에 속정만 깊어 간다

사전 약속 없이도
시어(詩語)에 목말라
이심전심으로 우물을 찾는 사이

노을이
너무 빛나
황혼인 줄 모르고 있습니다

㈜海內存知己 天涯若比隣 : 나라 안에 친한 벗이 있으면,
저 하늘 끝도 가까운 이웃과 같음
王勃(왕발)의 送杜少府之任蜀州(송두소부지임촉주)에서 인용

빗소리

깊은 숲속
팔각 정자에 홀로 앉아

천둥 번개에 검은 장대비
그쳤는가 하면 또 내리고
이어지는 빗소리 고요가 좋다

세상모르게
퍼붓는 대지 숲 황홀한 입맞춤 소리

이내 그치면

자연의 열락 터지고
흰빛 새어 나오다

멀리 산사의 종소리
해맑게 피어나는 산꽃

석양 그림자

가슴에 안고 갈 땐 몰랐는데
반환점 돌아서 문득 보이는 그림자

석양은 등 뒤에 있고
또 하나 내 모습 길게 앞서 간다

해가 있어 내가 있고
내가 있어 그림자 있다

밝을수록 짙어지고
흐릴수록 보이지 않는 영혼

쌍지팡이에 비틀비틀 버거워 대도
언제나 한 걸음 흔들리지 말기를

노을 진 길에 선 나 에게
넌지시 일러주는 동행자!

길섶 갈대도
시냇물도 합창이다

3.13일 부정선거 규탄대회 회상

1960년 3월 12일 2학년 교실
뭔가 웅성거리다가
청학봉 기슭에서 따로 칠팔 명 모였다

당시 만연한 3.15 부정선거 규탄하자고 의기투합
13일 일요일 오전 11시로 오산 장날을 택했다

삐라는 각자가 써오기로 하고
선언문, 프랑카드 만들고
말리는 선생님들 눈치 몰래
1학년 2학년 같이 거사하기로 했다

자유당 말기 무시무시한 공포 분위기도
아랑 곳 하지 않고
오산읍내 시장 한복판에서 부정선거 규탄선언서 낭독하고
스크럼 짜고 삐라 뿌리며
한목소리로 "부정선거 반대" 외쳐대니
시민들은 박수치고 환호했다

정의의 젊은 외침은 하늘을 찔렀다

학교로 되돌아와 강당에 모여서는
주동자 색출 시 모두가 서슴없이 “나요” 한다
모두가 주동자였던 것이다

형사들의 구타와 협박에도

누가 시켜서 했는가에 당당하게
“프랑스 혁명, 3.1 정신 이어 받아
분연히 일어났노라” 했다

아, 의연하고 순수함이여
장하여라!

억압 공포의 분위기 속에서도
정의로운 일 했다고 격려와 찬사가 자자했다

전국 읍내 고교 단위론 최초의 의거요
4.19 혁명에도 한몫 기여 했다

지금도 그 정신 그 기백
모두가 생애 지주가 되어 있으리라

그리운 어머니

시골 중고 동창생 광정이 종수
서울 제기동 한옥 한 칸짜리 자취방에

젖먹이 업고 백리 길
찬거리를 등골 휘게 들고 오셔도
쉴 틈 없이 부엌일이시다

내 잘못에 막내 팔 데어 자지러지게 울어도
"괜찮다 내 잘못이다"
용돈까지 챙겨주시던 어머니

그 잘난 공부나 한답시고
어리광 노릇한 철부지 시절

며칠 전
육순 되는 그 막내가 벌초했다는 소식에
문득 그립고 보고 싶은 어머니 생각

텅 빈 허공 속 세월
백발 가슴 저리게 어머니 품에 안길 듯 못내 애절하다

가시고기처럼 자식만을 위해 사시다 가신
어머니, 우리 어머니

도라지꽃

초가집 뒤란 척박한 땅에도
피어나는 도라지꽃

흰색 보라색이
파아란 하늘에 무지개처럼 빛나고
인삼 뿌리같이 쌉쌀한 맛은 밥맛 돋우었고

꿈같이
자란 유년시절 이였지

베잠방이 땀방울 그늘에 쇠심줄 손길로
밤낮 쉼 없이 일만 하시며

가시고기처럼 살다 가신 아버지 모습
언제나
도라지꽃잎 위에 아련히 피어납니다

시평

그리움과 사랑의 시학이다

박 정 이(시인 문학평론가)

한 정거장 남짓한 거리를
홀로
걷는 백발 지팡이

– 백발 지팡이

1.

최창영 시인의 새로운 시들은 우리에게 가벼운 놀람을 유발한다.

늘 불만이 아니고 생의 환희 쪽으로 감성을 돌린다.

우리의 주인공 최창영 시인은 한국적 서정시 바탕위에 리얼하게 표현된 작품마다 시의 혼을 빚어내고 있다.

발그림자 길게 땅거미 지는데
낙엽은 어깨 위에 하나 둘 떨어지고……

석양과 함께 사라져가는

먼 분홍빛 추억을 회상하다

한 정거장 남짓한 거리를
홀로
걷는 백발 지팡이

붉게 쌓이는 낙엽 바스락 바스락 밟으며
내 영혼 세듯 언덕길을 노을처럼 넘어 간다

– 백발 지팡이 전문

시의 화자가 바로 본인이다 화자에게 생은 무의미가 아닌 의미 부여가 포함되어 있다. 이러한 감성들은 어디에서 기여되는 것일까.

항상 충만한 생으로 시를 비틀던 계기는 무엇일까.

어쩌면 백발의 지팡이로 쓴 시 한 줄에도 묵혀둔 사유가 있을 것이다.

그 사연은 생의 기운을 끌어 올리는 것이다.

허리 굽은 슬픈 나이 아픈 육신에도
골목 시장에서 하늘 양껏 사들고 온다

그냥

파김치 사먹어도 좋으련만

자정에 일어나 매워 눈물 나는 파를
손톱 밑에 피가 나도록 껍질 까고 흙 실뿌리 다듬고
희미한 촉 전등 아래 기도하듯
밤새 씻고 절이고 손맛 양념하여
아침상에 가지려니 내 놓는다

"맛이 어때요?"
"짭쪼롬~한 게 맛 나는 데요, 잘 먹겠어요"

거치러진 손등
주름진 입가에 하얀 미소

영락없이 장모님 닮은 모습
보살이 나왔나보다

– 내 아내의 파김치 전문

이 시에서 〈내 아내의 파김치〉에서는 서정의 미학을 무리 없이 이끌고 화자 자신이 아내를 사랑하는 마음이 절절이 묻어 나온다.

거칠어진 손등을 주름진 입가의 주름까지도 사랑으로 보듬어주는 노부부의 삶이 그대로 잘 표현 되었다.

영락없이 장모님 닮은 모습이 보살이란다.

한해의
가장 깊은 저녁
눈 내리는
텅 빈 공원

벤치에 홀로 남은 백발노인
아직도 핸드폰에 매달려

천상에 급한 안부를 송수신 하는지
마지막 영혼 간절히 부탁하는지

어둠 속에
하얀 고요 맞으며
눈사람처럼 하얗게 하얗게 저물어간다

– 눈 내리는 밤 전문

눈 내리는 밤 텅 빈 공원의 벤치에 홀로 앉아있는 백발의 노인을 생각해보라.

얼마나 아릴까를 – 화자는 어둠속에 하얀 고요를 승화시킨 쓸쓸함이 그대로 젖어있다. 천상에 급한 안부를 송수신 한다는 엉뚱한 시의 표현력이 참으로 낯설게 잘 되어있다.

시인은 절대자에게 영혼의 숭고함이 그대로 전해질 것 같은 느낌이다.

집 앞에 산수유
흰 눈 속에 샛노랗게 첫 소식 알리더니

고운 단풍 떨어지자
무수히 쏟아지는 타원형 핵과(核果)
새빨간 루비 열매

터져나는 석류 알 보다 붉게
황홀 노을에 선홍빛 새우다

날 센 겨울새 날아들어도
저 황막한 허공 속 아득한 그리움

기다림의 하얀 달빛 타고
살포시 빛나니

흰 눈에 쌓여 오롯한 앵두 볼 입술
첫사랑 만남인 듯

밤낮 영혼 눈 맞추기에 겨울은 깊어간다

– 겨울 산수유 전문

서정의 장르에 미친 순수한 심미의 표현이 겨울산수유에서 볼 수 있다.

자연은 현실에서 아니 계절에서 멀리 떨어져 있을 것 같지만 가장 가까운 화자의 곁에서 늘 서성인다. 최시인의 세밀한 관찰이 엿보인다.

흰 눈에 쌓여 오롯한 앵두 볼 입술

첫사랑 만남인 듯이 하얀 그리움이 황홀 노을에 붉게 빛나고 있다.

엄산리 북쪽 바위 언덕
앵두나무 우물가 실개천이 졸졸졸

철 따라 진달래 살구꽃 원추리 구절초 피어나고
도토리 밤 흙주머니에 가득 담아
칡뿌리 더덕 캐 먹고 뒹굴며 놀던 그 산 강아지들

돌팍구리 큰 바위 언덕
발끝에 익은 바위에 올라 꽃가지 꺾어 들어

옛이야기 동화처럼 이어가고

넓은 벌판 구불구불 전설처럼 흐르는 긴 개천 따라
아득히 이어가는 행 길 내다보고

솔개 한 마리 창공에 휘이 날아오르면
필봉산(筆峰山) 위로 떠가는 흰 구름 마냥 바라보며
바위에 이름석자 새기고 "큰 바위 얼굴" 꿈꾸던 그 아이들

꿈속에서나 보려나 그리운 고향
내 놀던 큰 바위 언덕

– 큰 바위 추억 전문

화자의 추억이 어린 고향친구들 작은 우주 안에서 꿈을 꾸었던 우정들.

바위위에 이름들을 새기며 우정들을 다짐했다.

지금도 친구들의 목소리가 들리는 듯 전음 하는 것처럼 느낀다.

이렇게 새로운 시는 현재의 의식을 아슬아슬하게 긴장감 있게 이끌어 가고 있다. 어쩌면 상식 common sense에서 나올 수 있는 것이다.

시는 영원히 새로워야 한다.

나비처럼 사뿐사뿐 날아
제비같이 받아치는 핑퐁 소리
오가는 밀어(密語)인 양하고

가슴 뛰는 소리 들킬까
양 볼은 홍당무가 되다

두 눈 별빛 감추려 머물다
마침내 마주쳐 부끄러워 터지는
함박 웃음소리

떠나가는 고운 뒤태
텅 빈 가슴 둥둥 설렘

함박눈
펑펑 내리면 좋겠다

– 탁구 치던 날 전문

시가 실천이 되어야 한다는 것은 시가 늙어 가면 안 된다는 것이다.

시적화자는 아직도 감성이 젊다. 이 탁구 치던 날에도 역시 젊음 감각으로 현실에 적응된 시간의 절대적 기준이다.

결국 일상적 삶 하나하나에 시적표현이 구성지게 잘 그려냈다.

추억의 형식을 잘 표현하며 순수미의 작품에 떠나가는 생존의 논리를 회상한 상상적 치환의 가치가 의미의 껍질이 벗겨진다.

대웅전 뜨락의 홍매화
잔설에 홀로 피어

풍경소리에 님 인가
더욱 붉어지고

그윽한 향기
염불소리 함께 퍼져나가는데

예년에 계시던
향기로운 스님 보이지 않고

갓 피운
연분홍 붉은 홍매화만이
천년 부처님 미소처럼 웃고 있다

— 통도사 홍매화 전문

시의 상상적 치환의 작품은 필연적인 언어의 상승과 하강의 표현은 시가 작동하는 순발력이다.

풍경소리에 더욱 붉어진 것처럼 빗물만큼 아름다울 것이다.

홍매화처럼 아름다운 부처님 미소에 순수가 뚝뚝 떨어진다.

계절 속에 피어내는 허울이 아니라 천년된 시의 생각이 영원할 것이다.

최창영 시인의 규정할 수 없는 시의 물결이 천진하다.

존재의 내각이 드러나듯이 환상적이다.

편의점에 수선화 꽃 고운 파랑새

오가는 손 인사 밝아지고
눈웃음에 두 손까지 흔들며

"그렇게 예쁠 수가 없어요!"
콧노래 들리는 듯 파아란 미소

시를 진지하게 읽어줄 때면
장미꽃 노오란 꾀꼬리

세련되고 깔끔한 물찬 제복

오십대 중년에 백합꽃 하얀 향기 흐른다

아, 나는 파란 하늘에 빠졌어라
오가는 보람의 생기를 여기서 얻다니

오늘도
두 손 깃발 날리듯 빛나게 흔들며 지나왔다

– 편의점 그녀 전문

서울 백십 여년 만에 섭씨 39.6도 신기록
한 달여 계속 열대야에 40여명 사망이라니
아침 눈 뜨는 것도 기적이란 말 나오다

바람 한 점 없다
등과 가랭이 끈적끈적 불쾌지수 90
연일 폭염특보 발효 중이니 민심 폭발 1초전

가로수가 축축 늘어져 말라 타고
매미도 땅에 떨어져 할딱거리고
농심은 마른 땅처럼 바짝 타들어 단네 난다
뇌성번개에 소나기 태풍 이마저 흉년이라
연애 까지도 짜증난다는 비상재난 시국이다

마누라는

출근 걷기 땀나니 전철 대신 버스타고

물 자주 마시라 하고

6시 퇴근 마쳐 미리 에어컨 선풍기로 실내 공기 차게 해놓고

밤잠 설칠까 선풍기에 에어컨 켜주어 푹~자게 신경 쓰고

아침저녁 식사는 냉가지국 등으로 시원하게 먹게 하고

입맛 잃을까 밤새 달인 사골 뼈 삶은 국물이나

고기는 빠지지 않는 밥상

매일 새벽 한 두시에 일어나 준비다

제 몸이 아프면 약국 진통제나 파스 붙이며

견뎌 내는 게 고맙고 불쌍 만하다

사랑한다는 말도, 잘해주는 것도 없는데

정성껏 찾아 보살펴주는 아내가 있어

살인 폭염 이겨내니 감사할 뿐입니다

– 폭염일기 전문

시에 있어서 창조는 우물 안에 물풀을 캐어내듯 화자

의 상상력이 내포되는 욕망이 무한한 결핍 속에 뿌리가 생기고 기묘하게 동일시되는 사유가 미묘하다. 그래서인지 〈편의점 그녀〉 〈폭염 일기〉에서도 나타난다.

그래서 시인은 작품마다 새로운 사유를 추구하고 시의 형태의 관계성을 이룬다. 최창영시인의 필연적인 현상이다 바로 수행적 performative인 것이다.